持續初戀直到水星逆轉

◉廖之韻／著

聯合文叢 520

目次

邊界：生死

死生，從死到生，我記不起那一刻，雖然有人說多麼美好和無助。是的，美好和無助，從未有誰真正記得，隱約的、瞬間的，有光流逝。鬼火點燃了芒草指向天頂的那一端，星子因而隕落，因而降生。

生死，因生而死，影片開始倒帶，往後退了幾步，我想起做過的夢，正在夢著。醒來，也許。沉睡，也許。未知的一步，跨出去，過與不過。不也就這麼回事。我，走不過去。你，走不過來。

死生，剪斷臍帶有一種痛，思念起遙遠的過往，終將成為空白，人說的天真。那是夜色漂洗後的紙，月光也來浸染，還有僵死於冬季的蟲，風中懸掛著幾滴乾不了的墨。如此繁複，連影子也不見。重新開始又重新開始，只好嚎啕大哭。

生死，如此繽紛彷若被風撕開的花朵，一瓣又一瓣，翻飛上了天，又落向不知名的淤泥，或是勾住了誰的髮，嗅得絲絲少女的香，與老婦同時，化為腐肉與骨，春天得以為生。我用淚水灌溉下一季的新綠。這一季，已經過了成上一季。

一根羽毛的重量，你的心臟，我的靈魂，在天秤端搖擺。勝利的帝王握有生命之鑰，開啟生死之門，不見亡者。古老的故事，未知的預言，現在的迷夢，我唯有哭泣，我愛。

四月

開始於加西莫多的那一天
愚人背起行囊從崖邊大步向前
整個世界被惹起了笑
關於悲劇的誕生，神也寂寥

於是我抄襲詩的句子
寫下春天的雲，寫下雲的春天
鐘塔越過了神的宮殿，依然空蕩蕩的

敲不響喪鐘，落櫻如此哀鳴

漸行至夢的深度
愛人的眼裡流著一條河
骷髏化為了石，正回頭張望
擺渡者撈起溺斃的月，漂過

關於喜劇的結尾，說不出
打翻的酒杯被誰藏在兔子洞
跌了一跤，不小心淹沒迷宮的出口
眼淚是小小的熱

當簾幕拉起，燈光明滅不定

時間從最後一排座位開始叫賣
最好的位子，最佳的視野
一點點過季的青春
漆上了蘋果綠的月桂冠

死人節狂歡

是時候了（是時候了！）
全部的星星都墜下
詛咒的森林吐出氤氳沼氣
我們的靈魂被釋放（被釋放！）
天堂之門綑綁鐵鍊
交叉成永恆的十字（這形狀！）
無悔的罪人，我們的愛
緊鎖著一朵小蓓蕾（多細緻！）

吸吮宛如最後的晚禱

醒來吧（醒來吧！）
我們不曾真正沉睡
世界有太多紛擾
老舊的哀悼，朽毀的棺木
大地渾身是血（喝吧！）
月亮露出一抹殷紅的笑
我們趁著潮汐襲來
找尋允諾的高潮（哭吧！）
幽暗的藍，底下一片空白
天真如處子的信仰

呼喚我們（呼喚我們！）
迷途的旅人走上祭壇
吹一口氣（呼吸！）
我們的胸膛開出彼岸花
獻給鄰家美麗的那隻小羔羊
肉桂、丁香、小豆蔻（屍臭瀰漫！）
顫抖的雙膝跪在紅毯上
在唯一的公主前面低下頭（不准偷看！）
加冕成世界之王
從地獄裡贖來乾枯的桂冠

讚美主（讚美主！）
誰來當我們的客人

用無上的榮耀盛情款待
這是我們腐爛的殭硬的肉（不用客氣！）
骨頭或許多汁
是埋藏在土壤裡發酵的淚
濕了一大片雜草叢生的夢（不要張揚！）
無人擁抱的身軀
我們給予羞怯的裹屍布（不要拒絕！）
簽名蓋章印下最初的影像
小心不要遺忘

復活了（復活了！）
我們吊在樹上隨風搖晃
扭曲的四肢想盡辦法重新伸展

擺放成適合墓地的大小（一個坑！）
揹好肩頭上的墓誌銘
多加一筆評語，少添幾則笑話
憑弔需要許多藉口（那群人！）
我們閉上雙唇不再歡唱（多感傷！）
眨眨眼，招招手
等待下一次有你加入（歡迎光臨！）

捨身

這夜，我的身軀皎潔如月
銀色光芒自生命之源散發
河水如蛇，星火如螢
等待風吹過
吹起另一陣風
起了浪，波浪傳遞世界邊緣的訊息
有一艘船，飄著張揚的骷髏旗
比我的蒼白還要悲涼

鹹味蔓延整個季節
用月桂葉醃漬我的驕傲
王座底下是螻蟻安逸的巢穴
準備過冬，準備安睡
等待夢醒來
喚醒另一個夢
我記得，我想
故事的結局懸吊於樹枝上
曬乾了

發芽的大地冒出火花
你想要的，我欲求的
雷神丟下祂的斧錘

時間留下了傷口
劃開我的胸膛，那紅色的
心臟躍動如歌唱的鳥兒
兒時遊戲的小鼓聲咚咚響起
踩著進行曲來到城下
用紅寶石換得王后輕輕的吻

如果你願意，這是我
如果你願意，這是我的所有
如果你願意，這是我褪去了所有
如果你願意，如我所願
我將以世界獻祭

天葬布施

天葬，人死後由天葬師將屍體肢解餵給禿鷹等猛禽類，意味靈魂已隨天鳥上天，肉身則布施給天鳥，生不帶來，死不帶去。禿應將屍體吃得越乾淨，代表此人生前越沒有罪惡，靈魂越能升上天。像是犯罪者等這類不潔淨的人，不能採用天葬。天葬時，連死者親屬在內，任何人都不能觀看。目前西藏大部分的喪葬是用天葬。

閉上眼睛，追逐一朵蓮花開滅的瞬間
我
辭別親友，飲下摯愛的眼淚

不要哭，我說
逐漸乾枯的身軀擔負不了太多思念
且用白布將我緊緊地裹覆
宛如新生兒的襁褓
母親的溫暖貼著心房
不再跳動的心臟啊，切莫匆促捨棄
天色漸亮，日出照在我們的屋簷
雪花正輕輕叩門
時間轉過一次輪迴
該上路了，獨自
完成我此生的最後一件功課

（對天葬師說）

勞煩你背我上前
進入外人勿入的神聖殿堂
初次到來，請原諒我無法親口道謝
你的雙肩可曾扛過我的爹娘
當時間重回我的小時候
將他們送到你的手中
大人不讓我回頭看
他們究竟去了什麼地方
什麼地方是我現在來到的地方嗎
同樣的石板，同樣的等待
同樣的捨棄與滿足
勞煩你將我的骨與肉碎成可供餵食的佳餚
供養來自天上的使者

直到石板上空無一物
血水滲入大地
如同我們千古的命運
轉過，又轉過
再次相見時，希望我能獻上更誠摯的謝意
此生已經遺忘，你
又會在誰的刀下布施
或許，還是你

（對禿鷹說）
離天神最近的物種啊
亡者的清道夫
你將帶我前往何方

用你的肉身消化我的肉身
天葬師早已安排好了順序
第一顆心，予你最高貴的部族統治者
是我此生最完美的律動
再來是肝，予你第二地位的輔佐者
是我努力不懈的證明
然後是腸，予你接下來的後繼者
是我吞吐一生的滋味
剩下的，那些蒼白的血肉
就交給你無數的子子孫孫
最後，請告訴我
我是否飽足了你
靈魂不再居留的身體，是否合你的胃口

一生的悲喜最後都到了你的肚裡
如果我還算潔淨，請你
預約下一次
輪迴

（對欲觀者說）
請閉上眼，轉過身
朝回家的路行走
為我讀經以化解你的離愁
我的靈魂卸下了重量
你，不可以
觀看，因為你也會來到這裡
這是需要一個人面對自己的時候

當時間只剩下過往
恕我僅能將回憶的苦果放到你的唇上
其餘的，你眷戀的我
是禿鷹腹中零碎的肉塊，什麼模樣
捨不得印在你的眼瞳
請往回走，請回家
擊碎你用來供養我的紅土缽
有一天，你將會擁有自己的布施

煙，燒盡了
熏香讓天空流下了淚
天鳥載我越過山頂的霜雪
層層疊疊的山巒啊

越過去是未知的彼岸
捨身，等待
空出一個時間
再入因果，或是靜觀
自在

漂流

（於天）

恰似一朵浮雲化做
一座島
滴落陣陣嘆息，凝成
午後雨，有雷
屋簷下荷葉輕顫
墨綠色的夏

花開了
六月

（於地）

仰望
懸在天際的線，那一端
繫不住足印
踏在稻草梗上
灰燼散出收成的歌

風箏斷了
搆不得的九月

醉的色調
（於天之外）

凍結如雙唇的白
完美的六角結晶，吐出
一個字的日常
流言
無止盡
玷污美麗的透明

雪深了
十二月

（於地之下）

探進最深的夢底
沉流著血脈，迸裂
渴望飛翔如朱雀不死
偷得天女的彩衣，燃燒
無人再起烽煙

山櫻謝了
繁花盛開的三月
一抹胭脂的痕

（於漂流）

等待
降落成永恆的神祇
回歸廟堂一方

若問

你留下一個美麗的問句
不太簡單，不太難
如小小的火焰燃燒
在下弦月的夜
藍紫色的
迸裂

若問天

移動的雲朵是下一個
颱風的心眼望穿夏末晴朗的
夢底，笑語懸成了廊前的風鈴
一串串掛在邊際如守門人的夜
等待燈火熄滅的瞬間，靜默如影

你留下一個美麗的不太難的問句
簡單的規則與牆角的蜘蛛網
陽光穿透指縫，距離成謎
同樣閃爍著晶瑩，而你
如清晨不經意的露珠
也是透明

若問地
土壤底層深埋的
三月新綠嫩芽之下的
舀起一瓢水的清澈如鏡
照不出你曾經留下的疑惑
冰冷或溫暖的靈魂的黃昏

你留下無人知曉的考古題
從墜落的開始學習永恆
不太簡單，也不太難
若問喜歡，若問生命
一個美麗的
問句

白夜

關於隱晦而人意不解的詩
自有一套邏輯存在於黎明夢中
宛如北極星光直指旅人的錯誤
緩慢的
移動
距離單位比光年更加遙遠

不作夢的人

寫不寫得出驚嘆號
像是
一顆最大的淚珠，掉下
流星相繼奔來，摩擦
毀滅性的
數數兒遊戲
比誰多撿到那些失落的
一筆一畫拼湊出的彼此
卻不心知肚明
可惜了，夜

向狐火借一盞燈
發涼的山野傳奇是相互依偎的藉口

綿延成串的光亮
比太陽更加耀眼
狂歡的眾神遺忘了名字
舊世界正不斷上演新的舞臺劇
腳本一頁又一頁，脫落
臺詞飛散成春天雲雨
花兒開了，謝了
千古風流自在夢中流洩
白色的，無語

夜魅

深沉的
你呼喚我的靈魂
用月色燃燒
留下詩句般的灰燼
紛擾如一顆石子的失足
跌入
水塘中央浮動的
夢的納瑟西斯

以蘆葦紮一艘小船
螢火蟲張起了燈
掌舵者是異鄉的流雲
你用盡力氣吹起了風
我將因此被帶往下一個池畔
直到天明而止

我的不眠是你最後的食糧
吃吧，這是我的血、我的肉
不得與人分享
因為你已允諾成為一個字
填滿空缺的
夜

告白

戀人啊，讓我乞求夜晚不要結束
因為夢正溫燙著月光微紅的醉
當輕巧的步履畫下漣漪，如流星
那樣好看的轉身，傾瀉一地
不可言說，如是我聞
開出了花的剎那
以此生允諾
求得一個吻的來世

以神為名

以誰的名為名
從混沌中誕生又不斷
分裂，複製，仿造
神的贗品自天地縫隙交合
切不斷的臍帶窒息著我們的愛
我們的血我們的肉可以分食
盡情撕裂當痛楚留下乾枯的
靈魂在灰燼底下

一個燃點，瞬間失溫

禱告，以誰的名為名
渴求，哀憐，懺悔
我們的救贖我們拒絕
當世界誕生另一個世界
紅薔薇與嫩黃水仙
與死人的吻的貞潔如雪
落在合掌的指尖
戴著傷痕的無名指
一圈繞過一圈

以我們的心跳為名

以我們的禁忌為名
以我們的恐懼為名
以憂愁，以喜樂，以幻想
不以我們的我們
為理由為藉口為一個永恆
看不見腳趾頭我們奔跑
盲目沒有起點，遺忘了
遺忘的我們

神也戴起了面具
眼角下一滴藍百合的淚
四季滾動如車輪碾過了夢
兩行季節性的遺跡

憂鬱在此流行如孢子飛散
我們的心中深根我們的
神，束縛在祭壇上
以木樁供上皮鞭與乳香
誘惑犯罪者習慣性喃喃自語
以誰的名為名宣示天真

末日女神

月光盈滿的季節適合狩獵悲傷
過於刺眼而又忍不住靠近
花萎後滿地點點的紅

我們的淚，好久不曾流出乾涸的地表
雨神帶著歉意施捨幾滴憐憫
腐敗的葉底下，淌出土壤春天的夢

四散的氣味誘人追捕向前
探進荒蕪的處女地
設下陷阱靜候齒痕般的印

等待誰的足跡
誤入時間的桃花源
踐踏後標示過往迷途
找不著來時小徑

夜色昏暗不明的我們舉起燭火
當月落下，當花落下
當整個世界蜷在腳邊宛如哭泣的嬰孩
我們也跟著匍匐
只為了撫平永遠的安息

透明

容易讓人聯想：水母
夏天　擁抱　暴風雨　戲劇的一章
情節　宇宙裡生成了黑洞
吞吐　變形　心理的一絲不掛
猛烈地
撕毀身分證明
在城市的一角閉上了眼

跟著野百合的綻放起舞
一個人也不寂寞的方法
讓露水沾濕全部的腳趾頭
縫隙間是一雙五月遺忘的
吻
延伸出去從天空再往上
靈魂碰撞碎成了影
月下的
美人
背地裡
窺視　閃爍　讚嘆
華麗的夢　崇拜　逃亡　世界

已經是其次的問題
偶然　幾個光年
漸漸地消褪
泛黃　一圈圈　擴散
小小的軀體
曬在柏油路上
現實的
黑

話語的死亡

線的一端，斷了
衣裳碎在風裡有一種寒
浸滿墨色的滋味
延伸不到盡頭
身體慢慢腐朽成新月的影
翻滾
波濤也不過如此

洶湧
然後沉靜，然後堆疊高潮
衝擊整座城市
想像著
誰

他們不說美麗
害怕成真的預言
更多的話語，需要被需要
化成吐不盡的菸圈
假裝迷惘
為了更多的闡釋，還要更多
備註一二三四

剩餘啃咬過的餓
你是蟲
我也不得不
蛀書

溝通無效
流星墜落的單行道
摩擦，重複的
痛
觀察者記錄下幾分幾秒
激情休止
如果缺乏激情，他們不相信

這該死的世界已經化成了水
淹沒全部的火
依舊吹著徒勞的風

假裝流浪
日常瑣事化為虛無
最後的魔法成為他們操弄的
權力的鬥爭工具
只好又說虛無，又說虛無的意義
又說意義底下的虛無的
你的無意義
呻吟
我勉強接受告白

只在這夜，只在這即將逝去的夢魘底下
跟著說故事
決定一個崩毀的你

浮光——秋曆十月

日期顯示秋天
溫度計轉向了夏天
小小的雲朵停在天上
宛如春天雨後的小蘑菇
四季成為記憶裡的老東西
分不清真實與幻境

撕掉一頁秋天

等著填滿空白
被紅筆圈選的日子，跳出來
群眾裡最顯眼的
流浪者正不停止流浪
趕在黑夜入侵以前逃亡

是不是與人有約
在十字路口的最中心處
稍有偏差即成為一個歎息
輕輕的
過度換氣然後再吸入自己的夢
說，永別了

直到下一個秋天，直到
循環崩解成一直線
用針穿起，尾端打結
每日浮光的影
是手心裡深淺不一的刺繡
漂亮的如世界
乍醒

活著

用一種姿態卑微
我們驕傲著
我們喧嘩著
我們活的
我們死的
時候不早的時候
用第二種卑微

我們繁衍著
我們伸展著
我們活的
我們死的
天空飛翔的天空

再換三種姿態
時候不早的天空
不早的時候飛翔
的我們
死成了第四種卑微
辛辣或苦或我們的
活著

我們凹陷著
用第五種姿態凸起
中指以下寫滿童話
從根部腐敗黑色的有機的
夢中回收過期的夢

第六種姿態我們的憂鬱
擺成玻璃窗裡的洋娃娃
我們摒息著
我們氣喘著
我們不可觸及
宣示主權有一種病

流行到第七數到終點
我們倒下
我們活著的
死去的
生活的另一種計算

風後

我們需要時間流淚
停留在一個點
迎著風事實是逆向
行走的權利被規範於一個圓
畫下的句點也是
漣漪擴散也是
人行道上彩虹倒影的水漬數不清
疆界

不是悲傷的必須
浮動的橋盪起魚群歡樂
淤積過後朝渡口發洩
捕獲殘碎的嘶吼
這一夜那一日我們還是
流淚需要時間慢慢地
回收

換得
幾個甜蜜夢境如果此時
用滄海桑田細數
格子狀的枕畔有棋奔馳
異世界的想像融化於我們

沸騰的瞬間

撒野
碎玻璃植入花園沃土
割傷我們的唇或是齧咬
綻放出稜鏡下纏繞的空白
需要一個時間點旋轉
傾毀的永恆與再生
我們終於流淚被風吹乾的明天

數荷花

荷花荷花幾月開
我本是菩薩腳下的
你
自暮色中低頭
水面映出夕陽的倒影
暈染開來的
遠方有人歌唱

唱著倦鳥返家
聲聲啁啾
等待歸人的煙旋繞入雲
未曾間斷的祈求
女孩們的相思寫上了臉
是水裡的紅
褪去
跟著日落，緩慢的
於是我見著了自身
從叫化子的缽碗中找到
殘缺
與
餓

荷花荷花幾月開
一月不開，二月開

向晚的街道揚起太多塵埃
如霧裡看
這交接的時候
六道暫時停止輪轉
人與鬼，山與澤
無止盡的願
起了誓的
我在渾沌裡睡去
美麗如天女的花
衰敗如天神的真

剎那的
墮落
落
入
阿修羅的爭執
吵醒了獸的嘶吼
餓鬼正從身旁走去
這世界悄悄地
轉過
你在我的夢中經歷了
一刻

荷花荷花幾月開
一月不開，二月開

二月不開，三月開

等待最亮的一顆星
升起
如水珠跳出了邊界
一躍而上成為滴下地的
救贖
當荒蕪的土地得到滋潤的
淚
嫩芽初生
雨洗過的綠渲染
入畫
你的筆下

我的影子尚未乾涸
夜，已深
我看不清你的注視
封閉的
眼、耳、鼻、舌、身、意
凝聚
一點露

荷花荷花幾月開
一月不開，二月開
二月不開，三月開
三月不開，四月開

曙光乍現於路的盡頭

信步而行的人
可曾一夜好眠
或只是遊蕩的雲
找不到休憩的枕畔
於是，這人、那人
接連著
彼岸與此地
擺渡者吹熄燭火
蠟淚結成了塔
一層、二層、百層、千層
供養者串起瓔珞
通天
垂地

我盛裝迎接這一喜悅
誕生
初次膜拜
我聽見你的心跳
是羞怯的
晴空

荷花荷花幾月開
一月不開，二月開
二月不開，三月開
三月不開，四月開
四月不開，五月開

帝女遺失的錦

成為魚兒的新衣
快樂
不快樂
論辯的聲音已遠
橋上不見足印
我的腳下 一灘化不開的
泥濘
攪和著漣漪
擴散
碰撞
靈魂擦出了火花
磨破的衣裳
體貼的溫暖比這陽光

熱切的適合生存
在陰晴不定的天氣裡
晾曬幾輩子的嘆息
以慈悲為名
合掌
捻息一炷馨香
自有芬芳蔽體
零碎的
布
施予者徘徊不去

荷花荷花幾月開
一月不開，二月開
二月不開，三月開

三月不開，四月開
四月不開，五月開
五月不開，六月開

極致之後
雷響喚回了正午
驟雨打在屋簷
廊下的燕子吐出珍饈
水洗出了血
未盡
廳堂裡的饜足
點不燃一盞明燈
比無名還要難以言說的

闇
枯井底下跌落多少破蛹的蝶
被拉回了夢境
永恆的幻影
與無法預料的現實
記得
褪去一半的光芒
那些美好的
蜉蝣自在
自生
滅
我本是
道路旁不起眼的石
供你歇腳一處

蓮花落一支又一支地唱
唱不完此生
化子昇天，荷花開道
我本是化不開的
緣

荷花荷花幾月開
六月荷花朵朵開

註釋：

1.「荷花荷花幾月開」是兒童遊戲時的童謠，以一人在中央當鬼，其他人在外圍成一圈，在外的人吟唱荷花幾月開，當鬼的人就要說幾月開或不開，說到了，外圈的人一哄而散，當鬼的則開始抓人。也有人吟唱「梅花梅花幾月開」。在此用「荷花」的意象作改編與發想。

2.荷花即是蓮花，但與睡蓮不同。荷花開花時間約為六月至九月，開花約三天，於盛開時凋謝。

邊界：自我

吐絲，第一條線劃開我們的身體，從出生開始，直至死亡。分離的那天，從很久很久以前就已經是那一天。我們，指著我們的鼻子，訴說彼此的眷戀，也許是恨，但總是想著。夜的那一頭，傳來鼓動的血流，相似又相異。我們的溫度正漸漸沸騰。

吐絲，第二條線交叉成救贖的十字，或是橫跨天空的記號，風吹不斷，只是稍微搖晃，比流星墜落還不為人知；除非誰先放棄了。我們開始使用第二人稱，關於你，也關於我。

吐絲，第三人是永遠的第三人，一條線就可以分成兩個世界，再多一條線不過又兩個世界。以為拉起了很多界線，他們說原則或是個性或是不可侵犯的神聖，我只想誘惑你。當你誘惑我的時候。當我誘惑你的時候。當我誘惑著我的時候。

吐絲，我一路走著，一路吐出許許多多的線，按照某種排列方式織網，或許可以名之為生活，但誰都不願承認。你在邊界上行走，自以為是的搖擺，這邊凹陷了，那邊凸出了，始終不過那一條線。我跟著你，在我們張起的羅網裡裝死、維生、爬行、穿梭，偷眼看一隻蝴蝶掙扎著飛不出這邊界。

吐絲，想區隔什麼，卻黏附了其他。

你吐出的邊界，是我。

寫給一個女孩當她還是個女孩時

風跟著我來
無聲地
唯有花的吐息
與夜
芬芳如含苞的妳
散落了
遍地的玫瑰色

暖暖地
妳的腳下有夢
流動
順水
無槳、無帆
無所謂
儘管跟上，緊緊的
不離

以一首詩的時間計算
撈月者錯過了網

魚群嘻笑而過
鑽進天與地的縫隙
翻出了白肚迎向東方
最亮的
死亡，少了一顆星
日光乍醒

妳跟著風來
留下幾句說不清的話語
自妳的眉眼之際婉轉
轉成了秋色
偶爾
思索著成長的迷謎

不知
解
一念，一瞬，遠遠地過

桃之夭夭

終究是在回憶中淋了一場雨
古老的文字從妳眼眸書寫
磚牆屋瓦旁，笑過
原來三月適合這樣憑弔

空白的夢境也是妳的臉
望向春色，薄霧成了哀愁的藉口
少年不識，不是，也不

偷偷地藏起一個吻

順手折了一枝不知名
那是，點點點點的紅
占據整個天空在邊境之外
與落櫻約了一場誤會

春天闖入妳的裙襬
釋放花火燦爛
層層疊疊我攀上高樓
摘月的手卻是燒灼
烙印下繁花盛開

風鈴夜

夜，有風，有鈴響陣陣
廊下為妳留一個空位
緊挨著芭蕉與夢
燒一壺琉璃色的酒
對飲成千古風流

風，有影，有鈴響陣陣
妳綴著鈴鐺而來

輕踏夜色，月光碎成了漣漪
擴散著微醺心情
彼岸傳來花香浮動

影，有妳，有鈴響陣陣
舞在夜茉莉的幽藍裡
幾個迴旋，一兩個踉蹌
迷途的蝴蝶尋醉而來
是一串繁星掛在窗櫺

重重疊疊的靈魂
纏繞剪不斷的相思
念念的風景忘在南國

早熟的春天，溫暖
是妳落下的吻

夜，有風，有鈴響陣陣
我為妳布置了整個夜色
終究抵不過幾聲嘆息
曙光乍現，而妳
遺留下缺了角的風鈴

枕邊詩

該是夜的盡頭
有風朗朗讀誦春花秋月
一頁回憶落下
開出床畔搖曳的紫罌粟
迷惑了雙眼我自妳的繾綣
奔逃，回到最初的迷宮
螺旋狀的路徑有獸獨行

以欲望與詩為獻祭
咒語築起圍欄寫滿妳的名字
不眠夜的夢
虛幻與虛幻交疊成塔
上頭雋刻時光冉冉
亙古的崇拜我們親吻女神
春天的苦澀滴下苔蘚綠的淚

藏起饑渴的舊世界
妳吐出新芽自天際蔓延
纏繞著身軀如藤蔓攀爬公主的城堡
荊棘烙印在騎士臂膀
紛紛墜馬入魔鬼的天堂

無止盡

釋放天使的高潮
濺起深海的藍
唸一個字，一首詩
幾行深吻在妳雕花的床緣
發酵的蘋果酒傾倒成酸甜血紅
百葉窗切割月光
維納斯誕生於指縫中

愛與罪惡
與美麗的懲罰
禁慾的伊甸園與試探

最後的遺忘與
口袋中掉出妳的詩
無邪
夜鶯啼囀化成了玫瑰
月桂樹與阿波羅
追逐與被追逐
碎成了星屑，鋪染窗旁吟吟晚禱

猜測靈魂的歸處
祝福或是哀悼
幾聲嘆息延伸了妳的夢
未開發的
想像新天地是妳翻身後的縐摺

蕾絲玫瑰繡上十字
遍野是妳的心思綻放，溫柔地
我書寫自暴風雨的中心，無名

於是我該在今天……

於是我該在今天記上一筆
上一季的溫柔，在冷氣團的初吻落下時
攤開的毛線衣留有衣櫥裡的記憶
樟腦味飄散入玫瑰花園
招蜂引蝶的手法，可惜用錯了時節
於是我該在今天重溫舊夢
床單的印花悄悄褪了色

沒有疆界啊，我們隨波逐流
浪潮終究離不開月亮的牽引
自以為的孤獨，自以為的寂寞

於是我該在今天擦亮鏡子
影子消失於最光亮處，完全的
遍尋不著你寄放於此的
你寄放於此的
這天氣，他媽的

於是我該在今天預習未來
對今天視而不見

關閉全部的心念
路旁迎風招搖的管他是什麼東西
今天，總是不見，不再見

蕾絲邊

把我圈起來
把我圈起來，我說
把我圈起來，我乞求
把我圈起來，我不斷顫抖
把我圈起
來，在沒有天空的幽藍底下
爆發

誰，來
誰來停止
誰來，停止僵硬的夢
上幾匙潤滑油
如蜜如奶如我允諾的豐潤之地
自花叢中摘取靈感
流動，涓涓的
滴
下

濃郁的白
純粹的白
濃郁又純粹的，初夜

白的濃郁的純粹的，血
床單邊一圈又一圈的，我
把你綁起
把你撕裂
把你染成了夜

因而我褪去所有
勾織出最繁複的繁複
脫了線的
無限

男女朋友

（女朋友）
想寫一首詩的欲望
被夜色輕撫
勾勒出妳的
大提琴練習曲
幾個小節反覆的
練習，執意奏出最美的一個音

最美的，也最誘惑
我固執地挑起戰爭
跟隨月亮轉過十五個夢
高潮之後又回到原點
永恆的
告白

妳無法遮覆我傷痕累累的身軀
擁抱大提琴的臂膀
伸長了的
越界的溫柔
不小心出錯的音符
舞臺下空了的雙人椅

我們靜默而望

（男朋友）
寫下一首詩的瞬間
耳畔的風微燙
吹送出你的
小提琴獨奏
幾個顫音不間斷的
跳躍，迷惑魔鬼的舞步

誘人的，也被人引誘
我奔馳於阿波羅神殿
被日光曬傷的影子

落入你的指間
纏繞成一個吻
無限的
誓約

你用力攫獲我捉摸不定的靈魂
持弓拉弦的雙手
醉人的
春天的激情
不需要其他
舞臺上拉啟了簾幕
我們相視而笑

e的拼字遊戲

（eating）

酸是酸了點
在你的發酵裡醞釀一罈長年的
愛情
混著小蘭花的味
開封後只有那陣撲鼻
如此澄澈

（elephant）

群聚之後慢慢步向衰老
價值是一張口說不出的數目
或許再挨緊一點
等到
墓塚是成堆的月牙
伴隨眨眼而過
手指著的天

（envy）

就如此墜落
不甘願
夜晚的池畔，水仙

砸碎全部的鏡
只為那陣風
擾起了漣漪

（epidemic）
以這樣的速度
擴散
訊息是一則無聊的啟示
當世界逆向而轉
對於過敏，依然是
春天的專利
只想讓你知道

（eating）

關於糖葫蘆流下的紅
吻過後是酒釀的唇
冷了
又
重新溫過如昨夜
笑談中，而雨
不止

杜鵑花想

（白色杜鵑花之花語：被愛的欣喜）

噓，不要說話，讓這夜悄悄到來
這夜，我的身軀被月染過如紙
等待你以夜色磨墨，書寫
在我的紙上，一筆又一畫
用工整的楷體，或是醉了的行草
從眼、耳、鼻、舌、身、意開始到那深深的

識，短暫的夢境，忘記了睡
盛接著春雨誕生，這夜
你的掌心放不下一滴淚珠
在你的筆下，一次又一次
等待我，以我的姿態綻放
我見、我聞、我嚐著微酸的三月
醒來，渾身是夢
窗外有雲，淡淡的
過

五月雨

雲
妳
有風
當曖昧成為每日的習慣
早晨醒來的陰影
破碎

雲是

蕈狀悲涼從大地的呼吸吐出
相連的夢，一個又一個
自妳的臉龐滑落

是有雲
在不定的想像中漫遊
酸甜一如熟透的梅
釀出女孩兒的醉

有雲堆積
貼在髮鬢是妳的花鈿
搖曳，一步一個點綴
在風景裡迷途

蝴蝶吻了春夏交纏的天

雲轉了個身
爆裂，末日說從頭開始
濕淋淋的影子
流浪，妳向大海要了一抹藍
成為藉口的憂鬱

一種美麗的死法——悼紅玫瑰

是時候了
妳在心底數數兒
自然的排列方式
組合
錯綜複雜的冷暖人情
天空帶著歉意擠出秋日的藍

妳環顧四周

選好一個角度
從彩虹的弧形延伸而
下
看盡世間風采
不如妳撕裂的裙襬
惹紅了多少妒忌

噓，妳說
風鈴回過了頭
胡亂響起的哀歌
是蝴蝶的吸吮，過於忘情
妳寧可選一首華爾滋
旋轉，不停止夢遊

或許乍醒，等到
爛成了泥濘的
某個適於含苞的季節
我親手剪下妳的驕傲
妳終將睜開眼
一笑
宛如從未相遇

下弦月

我們來到橋上，月光下
交錯而過在這裡得一個喘息
沉思著是否曾經哪裡見過
或許夢中，或許遙遠的小時候
迷惑的影子與黑夜相互對望
我們的下弦月，如拱門佇立天空
等待穿越，等待長大

天使的翅膀

輪椅上的孩子問天空何時會有一場雪
填平崎嶇的路面與起伏的心情
紅磚道上摩擦著落葉的燙
雙腳的溫度傳不到掌心
伸長了手也抓不住冬陽的餘光

如果有一場雪會不會感受到那絲絲涼意
比冰淇淋還甜，比棉花糖溫柔

宛如母親禱告的淚，夜夜掛在枕邊
串成珍珠般的夢
夢中有無盡的足印，不間斷的路

風靜靜地撥開雲層
亞熱帶依舊迷濛
雪是最陌生的渴望
無須憐憫，無須嘆息
天使卸下翅膀交給了他
有一種愛自腳踝蔓延，飛翔
輪椅上的孩子親吻著天空
世界在他的腳底如雪片晶瑩

等待曙光

十七歲的夏夜我們跳舞
為了徹夜說鬼故事
為了讓營火升起更大的火
為了開始遺忘哀歌
從最後一小節
剝落，至死方休

七十歲的冬夜想像著愛

為了不那麼早起床
為了打開初雪釀的酒
為了替死神留一道窗的縫隙
祂不適合從煙囪介紹自己
那是某個非法入侵的特權

春秋瞬間而過
我不說
你也不
沒有人預測冷暖會不會失衡
告白幾近毀滅
天地曖昧我們都知道

跟著浪濤聲數羊
失眠的醫師說這是嚴重的
病，嚴重的失眠，嚴重的數數遊戲
歲月數久了容易忘記想要忘記的
清醒，如果我們從未舞蹈歌唱
黑夜持續擴大繞成了圈

世界渾沌宛如新生
重來一遍不會更好也不會
壞成爛蘋果的夢
我們比賽誰先閉上眼
跌入漩渦深處靈魂的光

一月

寫一些詩，為自己
如同樓下的流浪貓
微笑，躺在行人道的最前端
曬太陽，如裝飾般沒有效果
冷氣團依然帶來憂鬱的吻
凍傷了嘴唇
再也嘗不出季節的味道

天空也寫了幾個字
隱約在黑雲裡面閃爍
三十度彎曲
黃色月亮下是孩子的仰望
看不見，或許再多幾顆光點
星星織成的夜
一刀剪破如舊毛衣
幾針幾線的回憶

拼貼詩句跟自己玩遊戲
鏡頭裡的春天是紫色
不透明，而世界
在霧氣裡結成了霜

封印住一整年的灰
碎屑，無須回收
如同口袋中的信箋
皺了，數不清是幾個字的變形
延展出去
黃金色一如我的髮
編幾股長辮子，向下
垂落入花園的底
王子或是魔法師一樣攀爬
而上，沒有終點的尖塔
風吹過耳根
低語著最初
我們遺失了

失溫於大海中
漂流的幽靈船
人魚手指輕撫過臉龐
蒼白色的夜
夢境中學會城市的童話
現實寫在日曆裡
無法還原撕去的
那一張，而又是
一整疊的塗鴉
漫遊在空虛的牆

紅玫瑰

親愛的紅
讓我以此暱稱代替詩句
也許代替明天的初陽或月
或不存在的含苞與枯萎
絕對
不要寫下愛情
千萬別讓這混亂壞了
美夢

唯一的

親愛的親愛的紅
我的詩已經寫出邊界
禁錮的
古典的
圍籬
金屬雕花佔據四季而不知
凋零
不知隱隱的痛
藏在手握劍柄的那一端

親愛的親愛的親愛的紅

讓我隨著時間旋轉
甩起舞裙綻放剎那驚歎
命運之輪啟動了
我們如此奔向未知與註定的傷
那是初夏，那是相遇
輕輕的
顫
抖落一身殘破的字句

親愛的親愛的親愛的親愛的紅
遺忘了名字的流浪者
我
僅剩下繁複的盛開

撕下一瓣的靈魂，一瓣，又一瓣
親愛的親愛的親愛的親愛的親愛的……

小寒・大寒

妳的手透著年的味道
冰冷如一樹紅梅
想起遙遠的酸甜酒
自古老的地窖裡
傾倒

最深處，不見
蜿蜒如河在沖積三角

撫摸發酵後的夢
散落一地碎玻璃反光
穿透歲月閃爍晶瑩

圍爐吟唱詩歌
用四字文占卜心情
血流過於匆忙
妳自相遇的起點退還
這一年，那一天

貼上了封條的吻，遺忘
撿拾人行道上溫柔的腳印
跟著奔跑，跟著數過一季花謝

又一季滿滿地
凍壞的紅

靈魂燃燒後的溫暖
妳用指尖沾取灰屑
輕點扉頁落款
留下我的影子
勾勒無以名狀的寒

惘然

用霜降時的晶瑩留下
不淺不深的兩個字
佐以琴聲與夢
恰似千年前的窗畔
一枝寒梅早露出了心

只是當時，只是
無端攪翻一池春水

月牙兒碎成了不合時宜的影
這雲雨的山陰
隱隱招攬紅塵

不過三千三百三十丈的眷戀啊！
幾世的輪轉翻飛不上天邊
虹彩消逝的瞬間有鵲鳥兒
承載彼端的足印，如嘆息
印下落紅紛紛的款

化作廊前吹雪的相思
不是無情不勝唏嘘
幾壺濁酒溫熱著地老天荒

醉，也不
交錯，漠然是陣陣風涼

散了，聚了
轉圜間又是另一個倉皇
埋葬長劍與詩
斷了弦的歌詠卻是迴盪
妳曖昧的容顏

美麗王子的玫瑰

他用針刺傷了心
手指纏繞繃帶綻放一朵玫瑰
一滴血的蕩漾暈眩成夕陽
滲透進公主終日無眠的夢

塔裡的女巫也種了一朵玫瑰
比雪晶瑩彷彿不曾有夢
三月風微微撩撫她的裙襬

公主的胸口摩擦春天

噴火龍緩緩吐出玫瑰色的吻
騎士精神與戰鬥
圍繞城牆打轉，終年不退
公主拒絕從高塔出走

積水凝成了鏡
與惡魔簽下契約
以顛倒的玫瑰落款
浮現公主蒼白的臉

他拔出受傷的心

填補公主空虛的雙眸
只為了
看一眼美麗王子的玫瑰

同床共枕

枕著你的夢的
我，吻著我的睡的
你，不被打擾的
我，趁著黎明未醒的
你，吐露夜來香氣的
我，綻放朵朵的
你，不經意碰觸的
指尖，誘惑著
月色

愛上風花雪月

我們是風花雪月的影
踩著自身不得安歇
從哪個世界迴轉入此一瞬間
說不清
用紅線標記的章回

被風吹醒了睡

山邊雲雨已過
散落滿地嬌嗔片語
或許成為下一個夢枕
一雙彩蝶不識莊周

花說來年依然風流
芬芳熏上了衣襬
四處留香，誰怕
萎地的靈魂
貪得大地深深的
吻

如果有雪

可不可以淋上幾匙蜂蜜
用舌尖品嘗
沁透心底的滋味
不斷膨脹
可憐凍壞了熱帶常軌

夜夜數著月
從東走到西
奔不了天
我們只好相思
終究回到那個起點
用一句誓言換一刻醉

牡丹說……

牡丹說
你應當跪在我的腳邊
如同那些死於裙底的鬼
夜夜唱著歌
等待一瓢忘川的水

牡丹說
你應當將我置於頂上

悼念盛世的風流
帝國化成了沙
女孩兒的髮髻聳入雲霄

牡丹說
你應當摘下春天
不是每個季節都適合流淚
誘惑只有一次
清麗或是濃豔自在你的眼

牡丹說
我
說

邊界：生活

窗邊，有縫隙的木條小咖啡桌該是戶外用的，被我搬進了客廳，順便一併將陽光也搬了進來。曬太陽，如貓般斜坐在窗檯，眼前是不小心跑出來的白日夢。醒了，重重疊疊高起一落又一落的書，比鄰近大樓的興建工程還要快速，而書蟲卻是睡了。

窗邊，不知是誰的幼蟲，特別飢餓難耐，讓幾盆桂花葉子沒一片完整的。葉面滿是囓咬的痕跡，或是垂掛著正待羽化的蛹。蛻變，那樣隱密又明目張膽，瞬間張開了翅，飛過幾個溫柔時刻。

窗邊，山嵐總是霸道，毫無預警就直闖而來，模糊了世界的界線，帶來眼前一片濕潤。又突然拉起了帷幕，天光重新打亮舞臺，我和我的書旋轉了一個角度，鳥兒振翅，雲朵靜止，茉莉花凋謝前染成了晚霞的紫紅，幕又落下。

窗邊，越過窗，跟著鴿子偷窺的視線走，這是沙發、這是餐桌、這是電視、這是書櫃、這是我們的日常。

在裡面，或是在外面。

窗邊，天空與家的界線，我在這兒，停停走走。

兩個人美麗的在窗前

兩個人躺在窗前
裸身的向日葵
美麗的交纏
頸部以下全部空白
太陽移動了方向而影子
在你的腳底下不停地
做愛。持續做愛直到水星逆轉

成某個不曾嘗試的角度
改變位置折疊起來收進衣櫥的一個
小角落。小小的我橫放在這兒

那裡有的是腳趾頭勾破的蜘蛛網
除蟲劑和芳香劑和一大罐的
引起我的失眠於是望向天空
一大排紅色的曬衣架
掛著你的夢我的未完
待續。又持續做愛
或是解放或是舒緩或是行為模式
我們一同閉上了眼跌進
瞬間的幸福快樂

那裡有的是百葉窗的幾個縫隙
換個姿勢也許更好
窺視或是被發現
在社會學與草莓之間掙扎
二月的盛產季節
買幾本書
描寫我的身體，非常非常
吸墨的紙。晾在日正當中
吹一口氣
互相交換白日和那個一點點的斑痕
就這樣躺著
我們切割成被切割的

一張張碎屑的
紙。我曾經放在這兒

月光

當我寫下那些美好又傷感的詩
誰會舀起一泓月光
與我共飲
從天地開闔的縫隙擷取渾沌的記憶
原初的
幽冥
深邃如探不見底的風
唯有落葉

帶著根的祕密，回到了
水
等待流星濺起成串的浪
去來又是一次年華

乘著月光降生
繁星是我們的群體記號
第一顆升起的東方
嬰孩般的靈魂如此閃耀
於是我們唱起了老情歌
幾百千轉的輪迴，靜靜的
展開此去的路途
存在的遺忘

比誰更清楚
知道

我用月光染色
這髮，這眼，這發亮的肌膚
怕你尋覓如武陵人
不過一朵桃花開落的瞬間
趁著天未亮
夢未熟
將一艘小船駛進夜的港灣
撈起你的影子
繫上風吹過的鈴鐺

我的杯中，你留下
深深淺淺的呢喃
我成為一彎新月的詩

浮雲

即便是半刻的謊言也算
在我的天空上頭
建構一整個足以淹沒城市的
夢

只是少了一分安定，跟著
勇敢也成了回憶的一部分
只用一根神經牽著

我抓不住啊
那根天空裡垂釣的線

釣上了什麼呢？
就在什麼都看不清的那一端
瞇起眼睛假裝
什麼都握在掌心了

只是多了一句真實，不可捉摸
像是秋天不很冷的掉落方式
甩一甩頭拍掉又一個季節
在另一個心眼的
下一個

下下一個
下下下一個，再下一個
下下下下下一個，再下下一個
再再下一個，下下下下下下下一個
再下下下下再下一個
瞬間我看見你眼睛裡的藍
點綴陌生的流動

春雨夜

沒有太多時間哭泣
天空的紫色眼眶是最新一季
流行的眼影，加上珍珠色的吻
淡淡草莓味

究竟準備好了嗎
夜，不等人
也不等黎明

往最裡處走去
轉呀轉的，霓虹燈偷偷變成了
彩虹
延伸又延伸
纏繞進天使的髮絲

心跳怦怦地
眼睫毛上成串的細雨
眨眼抖落進荷花不開的池塘
攪亂不覺曉的夢
等待三月的
你
與我共舞

雨季晝寢

以為山櫻捨不得吻過
雙頰緋紅是桐花召來的熱
抖落一季，無風
纏綿過後連汗也收攏
等待回憶過往如一罈碎了的花雕
醉

睜眼，你來

我的夢，闔上
簾外壓低了聲
響
你來，我的夢
紛紛擾擾剪成了窗花
貼在眉心似飛天樂舞
我們的敦煌，這午後

沙漠尋找大澤的蹤影
時間之外再次相擁
水氣是千年前留下的
霧是你眼底揭不開的紗
金絲銀線勾起了邊

荷花等待剎那
誰，喚醒了

該是明亮的時刻
不適合憂鬱，換成感傷好嗎
有鳥兒哀愁天空
我也跟著呢喃
比真實更加虛幻
枕著世界發傻，聽
屋簷落淚後的笑
我擠出眼角的夢
走，出走，出去走走
解脫了，這一季

大哭

誰說水從高處往低處流
是從高處的困境向下
是從困境的深潭濺躍出激流朝天
是從天的底下悠悠而過一朵浮雲
浮雲化成了雪，雪又爬上了山
最高最高的仰望啊
飛不過黃昏的眼睫
一眨

一眨眼就不見
冬夜有霧，霧中有夢，夢中住著的
是遺忘季節的螢火蟲
幾盞燈籠串成了舌
說著春光將滅的昨日
遠遠的
近近的

剛剛好的
是霜降時的冷
是從你的眼裡看到的我
是淚滴凝成了鏡
將陽光收攏成一個點的

焦，灼
水又緩緩上升
等待誰提出了疑問
問水怎會落下

你喜歡我的情詩嗎

丟下一個問題
不寫那些我愛你愛我
因為水仙的池畔是那樣澄淨
比一面鏡還要清亮
連滿月的光也拉長不了的
影

至少折一枝玫瑰

用左手思念
大教堂裡的蠟淚堆積成塔
公主經年的嘆息
從天使的號角吹響
開始
緩慢的流動跟著那浮雲
天
降下了紅雨

刺一道傷口
在白綿紙上勾勒我不寫的
輪廓線
騎士精神或是中世紀羅曼史

悲劇底下甜蜜的夢
那些
廢紙一堆

你喜不喜歡
抒情的調調
寫情詩
只在夜晚美麗
每年每月的每一天
我的繆斯轉身而入而親吻
那滿池的漣漪
搖晃

你帶來了春天

你帶來了春天
換得我的安眠
一個夢
月牙兒挑起成串的
海水藍
我在你的唇邊呢喃
複誦著

吻的深層意義
無數的
字句
從左肩滑落

一遍又一遍
我們寫成了詩
不停止
遊戲

你帶來了春天
我得以安眠
三月

無風，無雨，出奇的
跌入美好的荒蕪
靜靜地

愛撫男人的五種方法

方法一是一種方法是
老成的舊世紀繁華不散
伴隨鴉片煙裊裊而叩問的紅
枕著的毯子在貴妃床上燒
破了洞之後的癮，再一劑溫柔

方法二是一千零一個夜晚
夢囈著一遍又一遍母親的搖籃曲

幾個音符化身無數風景
從舌尖輕吐魔法師的寶典枕邊
藍色月光下我們裸足奔馳

方法三你說再多一個
方法四或許就是那點
在中心奔流一如女神的箭
誰頂上的金蘋果缺了角
掉落，重重地
啃咬天使卸下武裝翅膀
我們一同飛翔

最後終於，終於你說方法五

我們吹噓的欲望少了舞臺
表演的掌聲有蟲旋繞
交尾的季節適合偷窺當春光浮現
蒲公英的絨毛輕撫臉龐
耳後跟發燙畫裡的臆想萌芽
從三歲開始遺忘
那是方法學的問題
她褪去全部的夢
如蛇度過整個冬天
蜷曲著吞下秋日落葉的風
一陣又一陣陣

寫七夕

不下雨了嗎？
風大得催促人張開翅膀
宛如鵲鳥搭起兩地相思
幾個光年的距離無法算計，愛情
當我們數著天上的星星
掉落滿地，不經意的回眸
望見了彼此發光的心情

每年寫一篇我們的章回
用我習慣的語言注釋一夜的
激情，直到細雨斜落
濕了枕畔藏起的詩句
化為夢，化為被翻起的書冊
缺失的句點始終
遺忘

炎夏的太陽也來攪和陣陣漣漪
羽衣早已晾曬成沙漠裡的渴望
誰偷走了我的筆，說
早晨不適合印刻傳說，除非
有一口井，唯一的

深深地直抵銀河中心

誓言經過多少次漂洗才會褪色
反覆織染的錦布自彩虹尾端打了個結
纏綿，從未斷線的訊息自你耳中
傳達到我閉著的雙眼
同時，墮入永劫

輪迴停滯的時候，不斷重複
關於你，關於我，關於一個
約，涉水而過

適合寫詩的日子

今天適合寫詩，就像
你，沒有理由愛上了我
留住整屋子的陽光
瞬間染成金黃的牆壁
印滿從春天偷來的吻，持續著
直到裂痕宛如蕨類植物不斷抽長
滲入潮濕陰暗的眼底
從天邊飄來記憶中的雲

淡淡的，無雨

說不出話來的時候，適合
從指間感受交纏的溫度
撫摸整個夏日的欲望
或許秋季更為適合，你
那樣的紅，深深的
塗滿每一扇窗櫺，取一把鑰匙
鎖緊我們的名字
噓，莫讓霜雪凍壞了難得的寂靜
今天適合多一些溫柔，關於詩
想像，你

成為不可或缺的日常
最簡單的
探觸，因為我
踢翻了一盞靈光，又一盞
拉長了我們的影子
直到相遇的原點，適合
一首詩的記號

山鬼與山人——山居週年記事

從盛夏的濃綠裡探頭
葉面的反光照亮整座山林
躲在時間縫隙中的影
轉過整個日晷
測量的短長已不具意義
求歡的蟲鳴聲自天地響起
古老的咒語，禁錮的枷鎖
點燃記憶中最美好的

我，幻化為山靈的巫者
自你的文字中捨身，奔逃

雷雨下到了秋夜
浸紅滿身衣裳
新嫁娘的蓋頭微微掀起
窺得誓約如楓落遍地
拾起，放下
剪一則傳奇貼在睡前枕畔
你的剪影在月亮上形成了缺
不見半邊的臉，沉入
望不著底的夢境，我
從渾沌的開口朝你狂奔，又狂奔

又乍醒，又汗濕了一個夢

適合在雲雨中展開追逐遊戲
直到芒花搶過了色彩
霧氣如龍攀旋住整個山頭
吞吐著遠方模糊的朝陽
聽見晨鳥拍落一根羽毛，以及
一個音符，喚醒天空
天光從張開的手指縫中顯現出
你，遺世而絕俗的鬼啊
屢化為煙塵的鬼啊
心不死的鬼啊
這山林是你的魂是你的墓塚是你的陪葬物是你的

我，找到了歸處

去除了山
你只是，那鬼
我只是，那人
相遇自春天露水的憂傷
直到花開的時候
分不清這山與那山，滿滿的
淡淡的，天女自在歡喜
我們互相探觸，刻意的距離
天地空出了
位置，山依舊是山
我們在此互道早安與晚安

二月春葬

二月在我的飛翔裡盛開
山櫻花、吉野櫻、八重櫻
吟頌風雅從異邦過海
思想著千年的落英
紛紛，遊戲自成一局

賭上幾彎月牙，如鬼
聊齋的窗前春秋易逝

桃也夭夭，我們正年輕

老熟的味道在靈魂裡打轉
人肉與瓜果混雜香甜
上癮者的眼神淚光閃爍
驚蟄之後我們相互撕扯
浸濕了左手旁的路人甲乙丙丁
戊己庚辛子丑，當時間
排成一列如槍決前的安魂曲

二月適合——
不適合——
墜落的前提我們認真思考

回到原初像隻雛鳥啾啾
覆巢之下朝天空睥睨
無限江山我們盡收眼底

溫暖的臉龐有滑行的痕跡
起飛前或許流連
額上淡淡貼一瓣花開，永遠
笑聲裡二月的夢，乍醒

今夜不寫詩

如果今夜無詩
地球不會因此荒蕪，也許
荒蕪才適合一首詩如月下
美人依恃，不理睬誰走過了夢境

這界線
輕輕打一個蝴蝶結
春天就這麼飛向幾十億年後的春天

夏日偶有驚雷碎了雲雨
之後，又一季

流傳下來的惆悵
月也發懶
隨手丟下幾顆老熟的星星
燃燒欲望如焚香
如甜膩的灰燼裡熟悉的熱
如你，與詩無關

由想像構成的世界
崩毀
結晶

他們說理當如此理當如此理當如此理當
如此，如此誕生詩的死亡

如果今夜有詩
百無聊賴的月更加無以名狀
從第一個字開始朝天空投擲
小
碎
屑
到垃圾桶裡開出了花
也只是一朵花，等待枯萎
一夜

春天我們看敦煌展

很久沒有寫詩
予你
一個字
一段時間
風沙吹醒了月牙泉
小小的，彎彎的
夢是這樣，繞不清

攜手奔向敦煌
佛頭前一個合掌
一串纓絡
供養者，我們
打開蓮花的心
踏在腳底
肉身萬象蹤影

觀想天與地
觀想水月浮雲
觀自在
愛情
你的眼如鳳

如是我
無盡風流

撿起飛天彩帶
沾了灰的，斑駁的
靛青與朱紅染成了驚歎
幾個窟窿
幾朵花，落
西出陽關我們
遇上了

千個佛，千個洞
輪迴

隨機
春天走過有種痕跡
留在詩裡最後
你
與我

後記

這是初戀。

從第一本詩集到這第二本詩集，中間相隔了好幾年。這期間，我除了寫詩，也嘗試各種文體的書寫。也許有人不知該以何種身分來定位我的書寫，是寫詩的、寫散文的，還是偶爾做採訪報導或寫小說的？嗯，這在分類學上著實會造成困擾——但檔案歸類啊，向來是我最不拿手的一項——所以，我還是寫我所欲。

也許是詩。也許不是。

也許，維持某種初戀的關係比較好。

因為有情。

有時候清淡，有時候濃郁。有時候熾烈地獻身劇場，有時候裝成自以為在外的窺視者。幾個幕起幕落，人生又過了些時候。不知不覺竟又走入另一個輪迴。

還是愛著。

還是眷戀著；哪怕無明，又如此不堪。

寫下許多詩句。

出自人心、人手所寫的詩，我以為都是情詩。而諸多事，也稱情事了。

所以，我依舊書寫，用詩的語言，寫情詩。

生生死死，反反覆覆，不也就這麼回事？

我在舞臺上，也在舞臺下。書寫著愛或恨或生或死，換個角色，又再換個角色，依然故我。

如此，那是初戀。

我如是。

聯合文叢 520

持續初戀直到水星逆轉

作　　者／廖之韻
發 行 人／張寶琴
總 編 輯／王聰威
叢書主編／羅珊珊
責任編輯／黃芷琳
資深美編／戴榮芝
校　　對／黃芷琳　廖之韻
法律顧問／理律法律事務所
陳長文律師、蔣大中律師
出 版 者／聯合文學出版社股份有限公司
地　　址／臺北市基隆路一段178號10樓
電　　話／(02)27666759轉5107
傳　　真／(02)27567914
郵撥帳號／17623526 聯合文學出版社股份有限公司
登 記 證／行政院新聞局局版臺業字第6109號
網　　址／http://unitas.udngroup.com.tw
E-mail:unitas@udngroup.com
印 刷 廠／鴻霖印刷傳媒股份有限公司
總 經 銷／聯合發行股份有限公司
地　　址／231新北市新店區寶橋路235巷6弄6號2樓
電　　話／(02)29178022

出版日期／2011年9月　初版
定　　價／250元

ISBN 978-957-522-953-5（平裝）

國家圖書館出版品預行編目資料

持續初戀直到水星逆轉 / 廖之韻作. -- 初版. --
臺北市 : 聯合文學, 2011.09
208面 ; 14.8×21公分. -- (聯合文叢 ; 520)

ISBN 978-957-522-953-5(平裝)

851.486 100017057